# Alpha's Divergent
## Omega

### Divergent Omegaverse Book 1

## J. P. SAYLE

Introduzione alla storia della Starling Enterprises

# Contents

# L'Omega divergente dell'Alfa

L'amore può superare qualsiasi barriera.

Derick e Lane Starling ne sono la prova. Sposati da quarant'anni, sono uno un lupo e l'altro un omega divergente; insieme, con la loro unione, hanno sfidato il disprezzo e le scarse probabilità date alla loro coppia dalla società. Non solo: hanno creato un impero della moda e una famiglia fondata sull'accettazione.

Con l'avanzare dell'età, tuttavia, Lane ha dovuto superare parecchie prove, e ora che è pronto a fare un passo indietro si domanda se riuscirà a convincere Derick ad accettare la sua scelta. E se sarà, inoltre, capace di persuadere i loro otto figli a tornare a casa perché lavorino tutti insieme e permettano a lui di diventare l'organizzatore dei loro matrimoni.

Be', stiamo per scoprirlo!

## Capitolo Uno

### Derick

Derick lasciò cadere le valigie a terra per aprire la porta, ma le dimenticò all'istante quando avvertì il proprio lupo interiore agitarsi, smanioso di raggiungere il compagno. Capì di essere nei guai non appena, messo piede in casa, si accorse che non c'era nessun altro. Si chiuse l'uscio alle spalle con un calcio e si mise alla ricerca del marito attraversando l'intero piano inferiore della loro villa, le suole delle scarpe che risuonavano sul pavimento di marmo. Poi, inspirando come un folle, colse l'odore di Lane.

Porca puttana.

*Perché non mi ha chiamato?*

Erano quarant'anni che stavano insieme, eppure il profumo del marito riusciva ancora a risvegliare il suo desiderio tanto da metterlo in ginocchio. Strinse con una mano il cazzo dolorante e duro per poi rimetterlo in posizione e sperare di alleviare un po' di fastidio, dato il modo in cui il suo corpo rispondeva sempre al calore del compagno.

Il respiro, tuttavia, gli si bloccò nel petto quando raggiunse la cima delle scale. L'aroma, lì, era così forte che gli tremavano le mani; si strappò di dosso la costosa giacca di cachemire e la lasciò cadere a terra con noncuranza, come fosse stato uno straccio. Subito dopo fu la volta della camicia, che venne poi gettata via rivelando un torace ampio e muscoloso ricoperto di peli argentati e numerosi tatuaggi.

Derick inciampò nel tentativo di calciare via i mocassini, e si fermò solo per il tempo necessario a rimuovere il resto dei vestiti. Nudo, il desiderio ardente e forte tanto da fargli ribollire il sangue, si affrettò a entrare nella loro camera da letto.

Un passo nella stanza, però, e dalla sua gola affiorò un gemito. Il suo lupo scalpitava, ormai: voleva il suo compagno. Nonostante tutto il tempo trascorso insieme, la vista di Lane nudo e colmo di bisogno non mancava mai di fargli battere il cuore più forte, né di infondere nel suo petto un orgoglio possessivo all'idea che quell'uomo fosse suo.

«Perché ci hai messo tanto?» domandò il marito con un ansito, poi lo soppesò da oltre la spalla. Con quegli occhi pieni di lussuria e le palpebre pesanti, sembrava implorare ciò che voleva. Ciò che Derick poteva dargli.

La sua pelle dorata era ricoperta da una leggera patina di sudore. Era evidente che il calore fosse ormai quasi terminato, eppure Lane dondolava i fianchi snelli avanti e indietro attirando la sua attenzione, specialmente sul dildo mostruoso infilato in quel culo luccicante di umori.

Le luci soffuse eppure brillanti sopra il letto rischiaravano il corpo di Lane offrendo a lui uno spettacolo porno il cui unico scopo fu quello di accrescere ancora di più il suo desiderio. E nel vedere quelle natiche che si flettevano e stringevano intorno al dildo, replica fedele del cazzo di Derick, una luce sinistra baluginò nei suoi occhi.

Avanzò verso l'enorme letto splendidamente intagliato che suo marito, dopo averlo trovato in una discarica, aveva insistito per avere, e il gemito che gli uscì dalla gola fece il paio a quello del compagno. «A quanto pare hai dato inizio alle danze senza di me.»

Dalla sua voce, la preoccupazione che lo affliggeva era facilmente intuibile, tanto che il marito aggrottò la fronte all'istante.

«Non cercare di farmi sentire in colpa,» scattò però Lane, il tono frenetico, mentre tutto il corpo fremeva e l'unico braccio che usava per sostenersi tremolava. «Tu... e io... sappiamo che è impossibile prevedere i miei calori,» continuò, parlando tra un gemito e un mugolio senza mai smettere di cavalcare il dildo.

Anche solo respirare faceva pulsare il cazzo di Derick, e la sua stessa bramosia lo spingeva a desiderare ardentemente di affondare nel corpo del marito senza neanche rimuovere il sex toy. Mise un ginocchio sul letto, ripensando per un istante all'ultimo calore di Lane. Gli episodi non accadevano più con la stessa frequenza di un tempo, ma non per questo erano meno potenti, e la cosa valeva per entrambi. Inoltre, era proprio l'imprevedibilità di cui soffriva il marito a causare il tormento di Derick ogni qual volta era costretto a mettersi in viaggio. Lane doveva sopportare tutto da solo, e sì, in quel momento il senso di colpa lo stava prendendo letteralmente a calci nel sedere.

«È arrivato in fretta,» riprese suo marito ansimando mentre muoveva a proprio piacimento quel dildo dalle venature spesse nel proprio culo ancora tanto lubrificato. Oh, quell'affare vi sciaguattava dentro in maniera davvero oscena, e Derick si ritrovò a irrigidire le cosce pur di trattenere il nodo che tentava di formarsi prima ancora che potesse affondare tra le natiche del marito. E già, ancora una volta: l'età era un'immensa rottura di coglioni.

«Non ho avuto il tempo di chiamarti. Per favore, però, ora smettila di fissarmi il culo e dammi quello che voglio,» gli ringhiò contro Lane. Si supponeva che fosse l'alfa a comandare, ma il fatto che sia il suo lupo che il suo uccello fossero d'accordo sul voler acconsentire a quella richiesta poneva in totale ridicolo l'intera teoria.

Tra loro, il capo era il suo piccolo omega, ed era stato così fin dal momento in cui Derick se lo era visto camminare incontro a tempo di valtzer con l'aria di chi non ci vedeva proprio nulla di male. Per fortuna, aveva deciso di andare oltre l'apparenza, che di solito ingannava.

Allontanò delicatamente la mano di Lane e si impossessò del dildo fino a estrarlo dal suo culo. Una volta che lo ebbe gettato con noncuranza sul letto, gli occhi fissi su quel confine ancora leggermente aperto quasi volesse tentarlo, si sentì invitato a prenderne un assaggio.

Perciò abbassò la bocca, già pregustando il sapore pungente del marito sulla lingua. Ne era diventato dipendente decenni prima. Percorse con la punta del naso il solco tra i glutei di Lane, inalando nel frattempo tutta la ricca essenza che la sua pelle emanava. E mentre un gemito gli rombava nel petto, insinuò una mano tra le proprie cosce per afferrare l'uccello alla base e stringerlo dolorosamente forte. Utilizzò gli umori di Lane per lubrificarsi le dita, poi prese a strofinare in cerchi concentrici l'apertura già rilassata del marito, i muscoli interni di quel confine che, contraendosi, già gli si avviluppavano intorno ai polpastrelli.

«Cazzo, non girarci intorno, dammi quello che mi serve, Derick,» sbottò il marito, ma le sue parole erano a malapena comprensibili tanto il respiro si era fatto ansante.

Così Derick si tuffò con la lingua in quell'apertura, immergendosi ancora più in profondità, e nel momento in cui percepì le pareti contrarsi, le sensazioni che ne scaturirono confluirono pulsando direttamente nel suo uccello ricoperto di liquido preseminale. Assottigliò la lingua per poi spingerla ancora più a fondo nel culo di Lane, guizzandovi dentro con stoccate che sapeva benissimo lo facevano impazzire. Soprattutto quando lo accarezzava ripetutamente sulla prostata, proprio come stava facendo in quel momento.

Lane mugolò, si dimenò e, incrementando il ritmo, gli scopò letteralmente la faccia con un dondolio frenetico dei fianchi come se volesse impalarglisi sulla testa.

«Voglio di più... Sto praticamente andando a fuoco... Il mio corpo ti vuole... Scopami!»

A quelle parole Derick si sentì travolgere da un fiotto di bisogno incontrollabile, un desiderio accecante che lo rese insensibile a tutto il resto. Era così potente che lo portò a sentirsi smanioso tanto quanto lo era Lane. Perciò, con il sudore che gli colava sulle tempie, si tirò indietro. A ogni respiro, ciò che penetrava nei suoi polmoni era l'odore muschiato del compagno, un'essenza che portava il suo lupo a ringhiare in segno di approvazione. Calò le zanne e capovolse con facilità Lane facendolo sdraiare sulla schiena: sentiva la necessità di contemplare la sua espressione una volta che gli fosse affondato dentro. Specialmente quando il compagno, il culo teso ad accoglierlo, avesse accettato il suo nodo.

E lo guardò, con i capelli tutti spettinati, biondi seppure screziati di grigio, incollati alla fronte sudata. E il desiderio, che ribolliva in quegli occhi azzurri come l'acqua... una bramosia che pareva incoraggiarlo a scatenarsi. D'altronde era impossibile resistere, nonostante l'unica cosa che voleva fosse venerare Lane alla stregua del suo tesoro più grande.

«Più tardi... più tardi... potrai andarci piano. Adesso ho bisogno del mio alfa,» lo implorò il marito, e lo fece con un tono sexy che gli fece pulsare le palle a tempo col suo battito cardiaco già irregolare. Tra loro, del resto, era così: erano sempre in sintonia l'uno coi pensieri dell'altro. Con i bisogni dell'altro.

Così svettò su di lui, lo bloccò sul morbido materasso e si immerse in quella guaina di calore umida e stretta; non appena gli scivolò dentro gemettero entrambi. Le cosce sottili di Lane gli si avvolsero intorno alla vita, spingendolo così ad affondare ancora più in profondità in quel canale convulso. Sincronizzarono i respiri via via che le spinte di Derick prendevano l'abbrivio e le sue mani scivolavano sotto il culo del marito per stringerlo con la stessa forza dei muscoli che parevano serrare in una morsa il suo cazzo.

Non c'era bisogno di parole. Era una danza, la loro, e la conducevano da anni ormai. Un amplesso colmo d'amore e passione, sentimenti che in loro non si attenuavano mai. E senza mai distogliere l'attenzione ognuno dal viso del compagno, si scoparono a un ritmo folle, dondolando freneticamente l'uno contro l'altro.

A Derick sembrò di bere il desiderio di entrambi, un bisogno che aveva ormai saturato l'aria, e annullò nella

propria mente tutto quello che non riguardava il suo piccolo omega.

«Ti amo,» disse, roco, mentre il suo nodo si ingrandiva
sparando al contempo roventi fiotti di sperma nel corpo
di Lane.

# Capitolo Due

## Lane

Sentì le lenzuola sotto di sé appiccicarglisi addosso, intrise com'erano di sperma e sudore dopo quella che era stata una vera e propria maratona di sesso. Il desiderio disperato di essere soddisfatto si era ormai ridotto tanto da diventare gestibile e permettergli di respirare senza provare dolore ovunque. Anzi, il corpo era piacevolmente indolenzito, soprattutto in punti che gli avrebbero fatto sentire i postumi di quella corsa smaniosa per giorni, così si godette le conseguenze piacevoli di un calore da cui finalmente non si sentiva più ardere. La frequenza degli episodi era diminuita, nel tempo, fino a diventare del tutto imprevedibile nel corso degli ultimi dieci anni, e per lui era sempre più difficile affrontarli quando Derick non c'era.

Lane aveva già messo in conto che lui e suo marito – a un certo punto dell'immediato futuro – avrebbero dovuto parlare del loro eventuale ritiro dalle attività. Riflettere sulla possibilità di lasciare le redini ai loro figli dando loro il permesso di compiere l'ultimo passo necessario a diventare i nuovi proprietari della Starling Enterprises.

Erano tutti single, al momento, e si stavano letteralmente dando alla pazza gioia in ogni angolo del globo, godendo come meglio credevano della loro libertà. Era proprio ciò che lui e Derick avevano desiderato. Anzi, era stato Lane, in particolare, a incoraggiare i ragazzi a vivere la vita appieno, perché capiva benissimo le difficoltà che avevano alcuni di loro nell'essere dei "divergenti".

Sentì il cuore gonfiarsi d'amore e d'orgoglio al pensiero degli obiettivi che i suoi ragazzoni – ormai uomini adulti – avevano raggiunto orbitando nell'amorevole famiglia che Lane e Derick avevano creato per loro. Erano tutti suoi figli, tutti e otto, anche se lui ne aveva messi al mondo solo tre.

Silas, il loro primogenito, era un alfa e, proprio come lui, un divergente. In poche parole, i loro spiriti animali non potevano trasformarsi nella loro forma, a differenza di Derick che era invece un puro mutaforma lupo. Così come Kodi e Kari, i loro due gemelli... due diavoli e dei veri e propri mutaforma lupo.

Erano state le loro differenze, nonché la loro decisione di unirsi, ad allontanare sia Lane che Derick dalle rispettive famiglie fino a esserne ostracizzati. Nessuno dei loro parenti aveva accettato l'amore che li univa, ma erano andati comunque dritti per la loro strada fino a dare vita a un'esistenza imperniata sull'accettazione che, nel tempo, era diventata il loro motto. Un motto che aveva donato loro altri cinque figli: Laken, Rue, Booker, Jupiter e Taylin.

Ormai era giunto il loro momento, Lane ne era profondamente convinto. Passò il palmo umido sul cuore di Derick che ancora batteva all'impazzata. Il suo alfa era uno stacanovista e, sebbene Lane avesse fatto tutto ciò che era in suo potere per contribuire a costruire la loro azienda fino a farla diventare l'impresa multimiliardaria che in effetti ormai era, la vera forza trainante della società era sempre stata Derick.

«Riesco a sentirti pensare,» gli disse il marito, la voce roca e gli occhi chiusi, eppure sollevò la mano per coprire il dorso della sua. Fu un tocco delicato, niente a che vedere con quelli precedenti mediante cui gli aveva lasciato dei segni che a Lane non sarebbe affatto dispiaciuto ricordare. «Su cosa stai riflettendo?»

Lui gli ruotò la mano in modo da intrecciare le loro dita, gli occhi fissi sull'uomo che era diventato il suo mondo nel momento stesso in cui aveva accettato gli appartenesse... nel momento in cui aveva accettato che il suo lupo gli appartenesse.

«Alla pensione,» rispose sinceramente. Non mentivano e non facevano giochetti, tra loro: non ne avevano mai fatti quando si trattava di cose importanti.

Gli occhi grigi come il ghiaccio di Derick, gli stessi che avevano ereditato Kodi e Kari, si aprirono e incontrarono i suoi. Era adagiato in maniera rilassata sul letto, ma Lane conosceva il suo alfa. E non gli sfuggiva la tensione che traspariva dalla mascella serrata e dalle profonde rughe che gli contornavano gli occhi. «È a causa del tuo calore?»

Come aveva fatto molte altre volte prima di allora, Lane si avvicinò e baciò le sue labbra piene. Vi indugiò quando il compagno le separò, quasi volesse, sentendosi liberato di un fardello, lasciare a lui il potere di assumere il comando. Ci vollero pochi istanti, giusto il tempo che il suo corpo reagisse a quel groviglio di lingue e al suo stesso sapore nella bocca dell'alfa, perché decidesse di strisciare sul grembo di Derick. Era così lubrificato, ancora, che fu semplice per lui impalarsi sul cazzo che gli si stava indurendo dentro il culo.

«Cazzo... ma non eri dolorante?» gemette Derick, strascicando tanto le parole da renderle a malapena comprensibili mentre Lane stringeva il proprio confine intorno all'erezione sempre più massiccia che gli si muoveva dentro.

«No... ma prima dovremmo parlare... è importante.» Non aveva alcuna intenzione di fermarsi, però, e a giudicare dalle mani che erano scattate sui suoi fianchi, Derick era del suo stesso avviso.

Il ringhio dell'alfa gli fece venire la pelle d'oca ovunque, portandolo a bagnarsi ancora di più. «Merda... al diavolo tutto...»

Lane decise di dare alla situazione una piccola spinta in più, quindi strinse le natiche e ondeggiò lentamente con i fianchi, cosa che fece spalancare gli occhi del marito.

«Non stai giocando pulito...» rantolò quello con un filo di voce.

«Tutto è lecito in amore...» replicò lui roteando il bacino per poi inclinarsi in avanti e lambire di baci la mandibola di Derick fino ad arrivare al suo orecchio. «... e in guerra,» concluse in un sussurro sexy, ben consapevole di quali sarebbero state le conseguenze.

Fu solo grazie ai tanti anni di pratica se riuscì a trattenere il sorriso di puro trionfo quando venne fatto rotolare fino a ritrovarsi inchiodato al letto.

«Se ci ritiriamo...» riprese il marito, con lo sguardo pieno di desiderio mentre lo scrutava ovunque, uno sguardo che gli aleggiava addosso come una carezza rovente capace di cambiare le carte in tavola e indurre lui a dimenticare completamente ciò di cui stavano parlando. «Cosa faremo per riempire il nostro tempo?»

Lane sbatté solennemente le palpebre, contemplando per un attimo la bestia sexy che lo fissava mentre cercava di trovare una risposta. Poi, avvolgendo Derick in un abbraccio totale che comprendeva anche le sue gambe, arcuò le labbra arricciandole in un sorriso sensuale. E quando l'altro lo strinse forte lui si sentì contrarre dentro di rimando. «Questo...» rispose in un soffio. «Tanto, tanto sesso ininterrotto.»

Il sorriso che Lane si vide restituire fu ampio, larghissimo. «Poiché non concludo mai un accordo senza aver indagato a fondo sui vantaggi di una transazione come questa...» commentò Derick spingendosi in profondità per poi roteare i fianchi in modo da poter sfregare tutti i punti giusti e provocare un suo lungo mugolio, «... avrò bisogno di una prova dei benefici a lungo termine che mi stai prospettando.» E, leccandosi le labbra per inumidirle, il marito spostò lo sguardo colmo di desiderio sulla sua bocca per poi soffermarvisi. Quel momento di distrazione diede a Lane la possibilità di ribaltare nuovamente i ruoli e, prima che Derick potesse riprendere fiato, scivolò un'altra volta su quell'uccello teso, immobilizzò il marito in una morsa ferrea e assunse un ritmo sempre più incalzante.

«Dei,» gridò Derick, «ti amo.» Nel frattempo, Lane abusò del suo cazzo senza alcuna pietà, inebriato dal senso di pienezza e tensione che ne conseguiva.

«Quanto?» domandò ansante, cercando di inspirare quanta più aria possibile mentre l'uccello che stava cavalcando si ingrossava e pulsava avvisandolo dell'imminente orgasmo.

«Più della vita.» Ed era lì, in effetti, nello sguardo che sosteneva il suo, quell'amore capace di dare uno scopo alla sua vita. Quell'amore in grado di eliminare le ombre gettate da chiunque avesse dubitato della forza della loro unione.

Avevano dimostrato a tutti che si erano sbagliati.

Bastarono le parole di Derick a scatenare il suo orgasmo. E Lane lo attraversò, sparando caldi getti di sperma sul petto ansante del marito, il quale ne approfittò per lasciare il proprio piacere libero di deflagrare.

Spossato, Lane crollò pochi istanti dopo con il torace su quello appiccicoso del compagno. Ne percepì il cuore impazzito sotto l'orecchio quando, tremante, si sentì avvolgere dalle sue braccia e annidò il viso nell'incavo del suo collo.

«Sei un osso duro...» gli disse Derick, sollevandogli il viso per poi baciare un punto sotto il suo mento in cui il battito accelerato si riverberava, «... ma come sempre hai ragione.»

Ben presto le risatine di Lane si trasformarono in un mugolio strozzato, perché il marito separò le labbra e lo morse con impeto, assorbendo la sua forza vitale e cementando al contempo il loro legame ancora una volta, come del resto aveva già fatto in centinaia di altre occasioni nel corso dei decenni vissuti insieme. Il cazzo esausto di Lane si contrasse tornando a nuova vita, così come quello che ancora giaceva nel suo culo.

Perciò avvolse amorevolmente il viso di Derick tra i palmi e sussurrò: «Credo di dovertelo dimostrare ancora una volta...»

## Capitolo Tre

### Derick

Inalò il ricco profumo del marito e raggiunse la sua mano con la propria per accarezzarne il dorso con un dito. I suoi luminosi occhi blu acqua rivelavano una profonda ansia per ciò che sarebbe conseguito al loro annuncio di voler compiere un passo indietro.

*Di voler andare in pensione.*

Un concetto alieno... perlomeno così era sempre stato. Lane non si era mai lamentato, nemmeno una volta, del fatto che lui potesse non essere presente durante uno dei suoi calori, quando quelli avevano iniziato a essere discontinui. Non faceva che dimostrare quanto il marito rispettasse ciò che avevano costruito insieme. Solo che il suo piccolo omega era la sua vita, e invece il lavoro si era in qualche modo intromesso tra loro, negli ultimi anni, chiedendo un tributo sempre più alto. Quella storia doveva finire.

Avevano trascorso tre giorni rintanati in camera da letto, e Lane gli aveva mostrato quali potessero essere tutti i vantaggi della pensione.

Derick doveva ammettere che il marito aveva espresso il proprio punto di vista in modo epico. Era quasi un anno che il suo uccello non vedeva tanta azione. Ed era stato proprio allora che si era fermato a riflettere sul tempo di qualità trascorso con il marito negli ultimi tempi, giungendo a una visione più che realistica. Considerando infatti ciò di cui avevano bisogno entrambi, nel momento contingente ma anche in futuro, si rendeva conto che viaggiare e mantenere un calendario strapieno di impegni come quello attuale non era fattibile.

Era giunto il momento di rallentare e cedere le redini. Sì, Lane lo aveva aiutato a trasformare le sue fantasie in un'azienda multimiliardaria a livello mondiale. E il nome della Starling Enterprises era ormai sinonimo di uguaglianza e qualità. Lo slogan "la moda è per tutti" non era più solo un insieme di parole. Avevano costruito un'azienda inclusiva in ogni senso, dimostrando alla società che non importava se una persona poteva o meno trasformarsi nella sua forma animale interiore. Che le diverse esigenze dei "mutaforma" e dei "divergenti" non avevano importanza. Perché la loro azienda si rivolgeva a tutti.

Il suo sguardo guizzò verso gli uomini che stavano facendo il proprio ingresso nella stanza. La società aveva scartato alcuni di loro per il solo fatto di essere ciò che erano. E lui e Lane li avevano adottati, tutti e cinque, dando loro la casa che le rispettive famiglie di nascita gli avevano negato. Erano i loro figli, suoi e di Lane, e nulla avrebbe cambiato quella realtà.

Per quel motivo Derick desiderava che fossero loro a prendere in mano tutto, ad assumere il controllo dell'azienda per poi portarne avanti i progetti... e battersi per ciò che era giusto. Tuttavia, non era così sciocco da non capire che per alcuni di loro non sarebbe stato facile.

«Togliti quel broncio dalla faccia,» gli sibilò Lane a mezza bocca, come se non fosse stato pienamente consapevole che quattro dei loro otto figli avevano un udito eccellente e gli altri sapevano leggere le labbra.

Proprio in quel momento, Kodi si avvicinò al padre con un'andatura rilassata e un abbigliamento tanto estroso da mettere in evidenza la passione smisurata che provava per la moda. Aveva uno stile tutto suo, dettaglio che lo aveva portato a lavorare nel campo del marketing. Del resto era sempre all'avanguardia su ciò che era "di tendenza" nei mercati di tutto il mondo.

«Questa è la faccia meditabonda di papà,» disse, il sorriso timido che abbelliva i suoi lineamenti fin troppo graziosi mentre si sporgeva per dare un bacio a Lane sulla guancia. «Ormai dovresti saperlo, Popi.»

Per tutta risposta, suo marito avvolse le guance ruvide di barba del loro figlio coi palmi e si lasciò andare a un verso di sufficienza, lo sguardo che intanto spaziava sul viso del ragazzo quasi volesse sincerarsi che stesse bene. Una mossa che aveva fatto migliaia di volte. E quando finalmente arricciò le labbra in un sorriso, Derick capì che era soddisfatto di ciò che aveva intravisto. Suo marito era rimasto lo stesso piccolo omega protettivo che aveva dimostrato di essere quando erano nati i ragazzi.

«Hai perso di nuovo il rasoio?» domandò comunque al figlio strofinandogli la pelle ricoperta di barba prima di baciargli entrambe le guance, il che portò Kodi ad arrossire e Kari, il suo gemello, a soffocare le risate.

Una volta, da bambino, Kodi aveva insistito affinché il suo Popi gli baciasse entrambe le guance dopo che aveva avuto un brutto incubo, perché credeva fermamente che Lane avesse le capacità magiche di allontanare il male con le sue labbra. Era diventata un'abitudine che Lane non aveva mai interrotto.

Bastò un sopracciglio arcuato di Derick per indurre Kari a zittire le risate, anche se nei suoi occhi perdurò comunque una certa sfumatura di divertimento che non scemò neanche quando il fratello prese posto al tavolo della sala riunioni.

«Qual è il motivo di questa adunata?» chiese Silas per poi mettersi completamente a proprio agio.

«Diretto come sempre, fratellone,» commentò Laken, ma con lo sguardo ombroso fisso su Derick per cercare a sua volta delle risposte. «Però sul serio, c'è qualche problema? Neanche me lo ricordo quand'è stata l'ultima volta che siamo stati tutti insieme nella stessa stanza.»

Derick indicò la porta rimasta aperta, e precisamente Rue, il loro figlio più giovane, che stava parlando con uno dei loro assistenti personali, Hollis. Avevano voluto anche quel ragazzo alla riunione perché l'esito delle trattative avrebbe avuto un impatto diretto sul suo lavoro. Si era fatto avanti durante l'assenza di Lane, e ormai, data la voglia di ritirarsi di quest'ultimo, Derick era convinto che Hollis fosse la scelta naturale se pensava a una persona in grado di gestire le risorse umane e lo staff che assisteva direttamente i vari reparti dell'azienda. «Ne parleremo quando Rue si deciderà a raggiungerci.»

Sentendosi chiamato in causa, suo figlio lanciò un'occhiata nella loro direzione. Arcuò uno dei suoi sopraccigli scuri e, per un breve secondo, lasciò che la paura avesse campo libero per sfrecciare in una fiammata libera nella sua espressione tanto da deformarla, dopodiché aggrottò la fronte in solchi profondi. Derick conosceva tutti i suoi figli, perciò era stato consapevole fin da subito che quella riunione indetta in fretta e furia avrebbe destato parecchie preoccupazioni in ognuno di loro.

Hollis, dal canto suo, oltrepassò Rue e sgattaiolò nella stanza senza guardare nessuno dei presenti. Si sedette lontano da Taylin, all'altra estremità del grande tavolo ovale la cui superficie brillava sotto i raggi del sole che filtravano dalla finestra. Derick socchiuse per un attimo gli occhi, altalenando poi lo sguardo tra i due. Gli era sfuggito qualcosa?

In ogni caso l'assistente ripiegò le mani in grembo e assunse un'espressione incolore che non lasciava trasparire nulla. E Taylin, dal canto suo, non prestò la minima attenzione a Hollis; non era fuori dal comune, certo... almeno se non si consideravano la rigidità delle sue spalle e lo sguardo indifferente così estraneo, solitamente, sul suo viso. Tra i loro figli, quello era il più tranquillo. In quel momento, tuttavia, lasciava intuire un certo disagio, specialmente per il modo in cui teneva lo sguardo fisso sul tablet, come se quel dispositivo avesse tutte le risposte alle domande della vita.

La porta venne chiusa producendo un sonoro scatto, e nella stanza calò un silenzio assoluto. Si udì giusto la pelle di una delle poltrone scricchiolare quando Rue vi si sedette sopra con tutta la sua mole, proprio accanto a Silas. Nessuno dei due era grosso come Booker, ma ci si avvicinavano. E in effetti, nelle foto di famiglia Booker, Silas e Rue si piazzavano sempre sul fondo per non bloccare la vista degli altri.

Derick unì le punte delle dita di entrambe le mani sotto il mento, quindi attese che ognuno dei presenti gli prestasse attenzione. Gli ci era voluto poco per capire che raramente urlare portava la gente ad ascoltare. Quando ebbe gli occhi di tutti su di sé si sporse in avanti per incontrare lo sguardo di ognuno e valutare chi avrebbe potuto dare in escandescenza a seguito della sua proposta.

«Grazie per essere venuti tutti, anche con così poco preavviso.» Si soffermò per un attimo su Jupiter. «So che è stato difficile abbandonare quello che stavate facendo, per alcuni più che per gli altri.»

«Il modello del momento era sexy come Reece?» domandò Kari, voltandosi verso il fratello con gli occhi che scintillavano.

Jupiter scrollò le spalle, attirando l'attenzione sulla giacca del completo che indossava e che gli calzava a pennello. «Era solo lavoro.»

Del resto, l'appena citato Reece era solo uno della lunga serie di modelli che erano passati per il letto di quel ragazzo. Nessuno durava mai abbastanza da arrivare a incontrare Derick o Lane. In ogni caso, lo stile di vita da playboy di Jupiter era molto seguito dalla stampa, sia in positivo che in negativo.

Lane sollevò una mano e frenò sul nascere qualsiasi replica piccata di Kari, anche se era evidente che Jupiter stava mentendo... o meglio, dicendo giusto una parte di verità. «Comportatevi bene, ragazzi. O volete che vi metta in un angoletto perché riflettiate sulla vostra condotta?»

Kodi e Laken si lasciarono andare a delle risate soffocate, a differenza degli altri che invece sembravano semplicemente divertiti; Hollis, dal canto suo, fissava Lane con gli occhi sgranati per la minaccia che aveva appena mosso. A onor del vero, suo marito era stato talmente convincente da indurre i figli in questione a sistemarsi nuovamente sulle loro poltrone, anche se non mancarono comunque di lanciarsi delle occhiatacce da una parte all'altra del tavolo subito dopo. Avevano sempre avuto un rapporto di amore e odio, quei due.

Stavano sbagliando? Nell'aspettarsi che lavorassero insieme senza litigare per raggiungere un obiettivo comune? Derick guardò di sottecchi Lane, il quale però inclinò il capo verso la tavolata per fargli segno di andare avanti.

Perciò Derick prese un bel respiro e cercò di capire da che punto iniziare. «Io e il vostro Popi abbiamo deciso di ritirarci con effetto immediato.»

I sussulti che seguirono le sue parole se li erano aspettati.

Silas era rimasto a bocca aperta. La risata profonda di Rue, invece, gli era rimbombata con così tanta potenza nel petto che il suo corpo stava ancora fremendo violentemente. Kodi e Kari continuavano a guardarsi l'un l'altro, carichi di preoccupazione. Laken sorrideva a tutti. Jupiter li guardava con un'espressione incredula. E Taylin, per la prima volta, aveva sollevato lo sguardo per puntarlo su Hollis, le cui guance piano piano si facevano sempre più rosse. Solo Booker mutò l'espressione in una maschera impenetrabile, la solita con cui era capace di nascondere tutte le proprie emozioni.

«Non puoi dire sul serio,» esclamò Silas con un tono gracchiante che faceva sembrare la sua voce quasi arrugginita. «Riusciamo a malapena a decidere dove incontrarci per cena, quando siamo tutti in città.»

«Sono serio come un battito cardiaco,» rispose lui e, cercando la mano di Lane, intrecciò le loro dita per dimostrargli il suo pieno sostegno. «Io e il vostro Popi abbiamo bisogno di recuperare il tempo perduto in modo da imbarcarci in tutte le avventure che ci eravamo promessi di vivere. Quelle in cui tutti voi avete avuto il privilegio di immergervi mentre noi costruivamo un'azienda abbastanza solida da sostenervi nel futuro.» Derick sorresse lo sguardo di ognuno dei figli, tentando di esprimere l'amore che nutriva nei confronti di ciascuno. «Ci neghereste questo diritto dopo quarant'anni di duro lavoro?»

Scossero tutti la testa. Il che sciolse un po' il nodo allo stomaco che si era formato dopo le prime reazioni.

«Ma vi aspettate che uno di noi gestisca tutto come avete fatto voi finora?» insorse Silas, dando voce alla prima domanda che Derick si era aspettato da lui. Qualcosa gli diceva con assoluta certezza che Silas era preoccupato del fatto che la persona incaricata di portare avanti il "bambino", per così dire, potesse essere lui.

«Ognuno di voi eccelle in una propria area di competenza, è per questo che vi abbiamo permesso di orbitare naturalmente verso una branca o verso un'altra. Quindi no, non abbiamo intenzione di interrompere questo—»

«Dio, grazie,» mormorò Laken.

Derick gli lanciò un'occhiataccia prima di riprendere come se non fosse mai stato interrotto. «A differenza del passato, non dovrete più fare rapporto a me del vostro operato.» Aspettò un attimo per assicurarsi di avere ancora l'attenzione di tutti prima di sganciare la bomba successiva, perché sapeva che la parte più compromettente sarebbe stata proprio quella. «Renderete conto l'uno all'altro. Lavorerete come una squadra, ognuno con pari responsabilità, per prendere tutte le decisioni necessarie e che avranno un impatto sull'intera azienda.»

«Porca puttana!» esclamò Jupiter, il quale poi assottigliò lo sguardo su Silas. «Per quale diavolo di motivo dovrei mai fare rapporto a lui, che non ne sa un fico secco di moda, di modelle, di serate di gala, di pubblicazioni su riviste di settore e... e di tutto quello che riguarda gli affari?»

«*Ma tu sì,*» ribatté Derick per poi continuare: «In sostanza, non ti si chiede altro se non di continuare a lavorare come hai sempre fatto con me, aggiungendo però qualche opzione, qualche input derivante dagli altri rami dell'azienda. Io avevo il quadro completo, a differenza tua, e a quanto pare questa cosa ha letteralmente isolato il tuo processo decisionale.»

Jupiter raddrizzò all'istante la schiena. «Stai dicendo che non faccio bene il mio lavoro?» domandò, senza fare nulla per nascondere l'improvvisa fitta di dolore che lo aveva travolto.

Lane, che nel frattempo si era alzato e aveva fatto il giro del tavolo, scivolò alle spalle del figlio e, appoggiando il mento sulla sua testa, gli avvolse le braccia intorno al busto, anche se con qualche difficoltà, data la mole. «Non è quello che ha detto tuo padre.»

«No, infatti, non è così. Sto dicendo che è colpa mia, perché non ho mai capito quanto fosse importante per tutti voi avere una visione globale dell'azienda. Sapete come funzionano i reparti di vostra competenza, ma non considerate l'impatto che le vostre decisioni hanno sui settori altrui. E per tornare a te, Jupiter, l'organizzazione di un servizio di moda in una rivista ha un impatto diretto sul marketing e sulla produzione. Per dirne una, c'è bisogno di programmarlo in modo che le spese sostenute possano essere ammortizzate al meglio se, per esempio, coincide con il lancio di una nuova collezione primaverile.»

Jupiter mutò espressione, passando dal ferito al meditabondo mentre strofinava le mani di Lane. «Quindi mi stai dicendo che in passato, tutte le volte che hai fatto slittare uno dei miei progetti, è stato per meglio gestire l'impatto che avrebbero avuto sugli altri settori dell'azienda?»

Derick arricciò gli angoli delle labbra in un ampio sorriso, annuendo. «Proprio così.» Dopodiché guardò tutti gli altri. «Quello che voglio è che tutti voi assumiate il mio ruolo, che lavoriate insieme per raggiungere l'obiettivo comune.»

«E buona fortuna,» sussurrò Hollis, la bocca coperta dal palmo, attirando così l'attenzione di tutti i presenti nella stanza. A quel punto l'assistente arrossì fino alla radice dei capelli e lasciò cadere lo sguardo sul tavolo, le mani giunte in grembo che tuttavia tremavano visibilmente.

A Derrick non sfuggì l'occhiata che suo marito lanciò al ragazzo, e fu con uno strano formicolio alla nuca che si ripromise di chiedergliene conto più tardi.

«Hollis, è qui che entrerai in gioco tu.»

La testa del diretto interessato tornò a scattare in alto, gli occhi sgranati. «Signore?»

«Ci sono otto persone votanti, qui, il che richiede la presenza di un altro che possa rappresentare il voto di maggioranza nel caso fosse necessario portare avanti qualsivoglia mozione. Quella persona sarai tu. Nel tempo, Lane ti ha dato sempre più responsabilità, e ora si fida di te al punto da lasciarti intervenire se il caso dovesse richiederlo.»

«Davvero?» squittì Hollis a voce alta, ma l'unico a voltarsi verso di lui fu Taylin. Gli altri continuarono a guardare Derick come se avesse perso il suo rinomato fiuto per gli affari.

«No, aspetta, cosa?» protestò Silas con una certa compostezza. «Come può prendere lui questo tipo di decisioni?»

# Capitolo Quattro
## Lane

Lane diede un bacio a Jupiter sul capo e fece un passo indietro, lo sguardo fisso su Hollis. Quel ragazzo era uno di quelli abituati a tenere ogni emozione per sé, ma era proprio il motivo per il quale, a dirla tutta, era così bravo a gestire le persone. Agiva con la testa, mai con il cuore. Era proprio per quello che Lane voleva ricoprisse il ruolo che gli stavano assegnando, per trarre il meglio dal cuore pulsante dell'azienda, ovvero dai suoi figli.

Inoltre, sperava che si accorgesse di ciò che lui aveva subodorato già molto tempo prima. Ovvero di Taylin, il suo dolce e accomodante bambino che era mezzo innamorato di lui... di quello scontroso nanerottolo di un loris pigmeo tutto lentiggini. Se avessero lavorato insieme... be', Lane già si vedeva a far rimbalzare i suoi nipotini sulle proprie ginocchia.

Colse lo sguardo incuriosito di Derick e tornò in fretta a sedersi accanto a lui.

«Hollis ha abbastanza competenze per prendere le decisioni giuste laddove ce ne sia bisogno. Ha un master in gestione aziendale e lavora al mio fianco da cinque anni. È un perfetto arbitro, se *necessario*.» Era certo che a nessuno fosse sfuggito il modo in cui aveva sottolineato l'ultima parola.

Lane nutriva il forte desiderio che i suoi ragazzi trovassero il modo per lavorare insieme, in maniera coesa, senza la costante minaccia di un pugno volante tra questo o quello.

Sì, be', poteva sognare no?

Mise una mano sulla spalla di Derick e strinse la presa pur continuando a fissare gli uomini davanti a loro.

«Poiché la base operativa è qui a Hazardville, dovrete tutti trasferirvi in città.»

«Dai, mi state prendendo per il culo!» sbottò Kodi alzandosi di scatto, e Kari, come sempre in sintonia con gli sbalzi umorali del fratello, fece altrettanto per placarne la rabbia con una mano sul suo braccio. «Io... cazzo... ma anche tu, porca put...»

«Linguaggio! Non parlare così al tuo Popi,» intervenne Derick con un tono tagliente che sferzò l'aria. E come si era aspettato, bastò quello a colpire il bersaglio e smorzare la tensione che si era di colpo accumulata nella stanza.

«Scusa, Popi.» L'espressione di Kodi rivelava il profondo dispiacere per quella lavata di capo appena ricevuta. Be', a volte, e a seconda dei casi, i loro ragazzi sapevano essere proprio delle teste calde.

«La vostra base operativa è questa. Continuerete a viaggiare come prima, con l'unica differenza che d'ora in poi dovrete portarvi dietro uno degli assistenti che lavorano qui al quartier generale, perché l'aumento del carico di lavoro sarà significativo,» riprese Lane, ignorando volutamente lo sfogo di Kodi; del resto, sapeva benissimo che suo marito avrebbe preso il loro figlio da parte per fare una chiacchierata, alla fine della riunione. Tra loro, era sempre stato Derick il genitore serio e inflessibile.

In ogni caso, quando ebbe finito di esporre ciò che doveva spostò lo sguardo su Hollis, il quale aveva mantenuto un'espressione stoica. Doveva riconoscere che la loro era stata una scelta di manovra effettuata un po' alla carlona, una di quelle che avrebbe di certo portato il ragazzo a chiedergli conto, entro la fine della giornata, delle proprie azioni e del perché avesse agito senza prima consultarlo. Ovviamente Lane aveva le proprie ragioni, che poi ruotavano tutte intorno al gruppo WhatsApp che condivideva con gli altri assistenti. Se infatti avesse avvertito Hollis in anticipo, i suoi colleghi avrebbero scoperto del cambiamento prima della riunione e fatto probabilmente trapelare le informazioni.

«Hai qualche domanda? Qualcosa che vorresti dire?»

«Non ora,» rispose Hollis, con un tono di voce dolcissimo che non lasciava affatto intuire la spina dorsale d'acciaio di cui invece era in possesso. «Devo prima fare le mie valutazioni. Però ti ringrazio a prescindere per la fiducia che hai voluto accordarmi.»

Dopodiché sollevò la testa, scrutando gli uomini presenti al tavolo a uno a uno, e la luce feroce che aveva negli occhi non fece che confermare a lui e a Derick che avevano fatto bene a scegliere quel ragazzo per quell'offerta.

«Vorrei però chiarire una cosa, qui e ora. Non permetterò a nessuno di costringermi con la forza a fare qualcosa di cui non sono sicuro, quindi siete avvertiti: non sono un tipo remissivo o che si fa mettere i piedi in testa,» disse Hollis, e qualcosa nel modo in cui lo fece suggerì che chiunque avesse provato a sfidarlo si sarebbe ritrovato con una bella gatta da pelare tra le mani.

Nell'ascoltarlo, Lane si sentì attraversare da una sferzata di eccitazione, e mentre guardava i suoi figli, reprimendo a stento un sogghigno, si chiese come avrebbero reagito a una sfida così palese.

Taylin, ancora una volta, abbassò lo sguardo sul proprio tablet con quello che sembrava finto interesse, mentre gli altri continuarono a fissare Hollis con sospetto, un sospetto che variava di intensità a seconda di chi si prendeva in esame.

Dopo un attimo Booker si spostò sulla sedia, facendola gemere. «Quanto tempo abbiamo prima del ritiro ufficiale?»

«Fino alla fine della settimana,» rispose Derick, e Lane, che si era aspettato una reazione alla notizia, non nascose la propria sorpresa quando vide che non ce n'era mezza.

«Ho già incaricato Monica di inviare i codici necessari per darvi accesso fin da subito all'area condivisa in cui vengono archiviate tutte le informazioni relative all'azienda. Lì dentro c'è tutto ciò che è stato effettuato finora, con documentazioni del passato, del presente e quelle relative alle pianificazioni per il futuro. Monica è pronta ad aiutarvi in qualsiasi modo. Lei è la nostra documentalista storica, quindi trattatela bene o ve la vedrete con me,» disse, mutando espressione via via che parlava fino a diventare serissimo. «Sono certo che ci saranno parecchie altre domande, dopo questa riunione. Ciò significa che la mia "proverbiale" porta rimarrà sempre aperta, ma non per i battibecchi, chiaro?» domandò, e lì, nei suoi occhi, fece la propria comparsa il suo lupo interiore; Lane, ormai seduto, accavallò le gambe nel tentativo di nascondere la reazione del suo corpo all'autorità sprigionata dal compagno. Il suo calore poteva anche essere scemato, ma ormai aveva risvegliato il suo desiderio sessuale, il che significava che ogni volta che il lupo di Derick faceva la propria comparsa, proprio come era sempre accaduto fin dal momento in cui si erano conosciuti, il suo corpo andava a fuoco, in preda alla più pura eccitazione.

Bastarono pochi secondi perché Derick arricciasse il naso; si alzò, gli afferrò la mano e se lo trascinò dietro verso la porta. Lane soffocò una risatina quando colse l'espressione inorridita dei figli. D'altronde, ai loro nasi sensibili non poteva essere sfuggita la sua reazione, né quella di suo marito.

«Da qui in poi ce ne occupiamo noi,» annunciò Silas mentre uscivano dalla porta, ma la sua voce tradiva ansia al pensiero di quello che sarebbe potuto accadere se anche solo uno di loro avesse provato a fermarli.

«Certo che lo farete,» mormorò Lane. «Ma non da soli.»

Una volta nell'ufficio di Derick, la porta venne chiusa di colpo alle loro spalle e lui vi si trovò sbattuto contro. Con la bocca del marito che già gli lambiva la gola con una scia di baci fervidi. «A cosa ti riferivi con quell'ultimo commento?»

«Vuoi parlare dei nostri figli?» gli chiese lui tirandogli fuori la camicia dai pantaloni sartoriali alla disperata ricerca della pelle nuda sottostante.

«Be', se la metti così...» ribatté Derick sollevando la testa per permettere agli occhi del suo lupo di baluginare, «... no.»

Con un ghigno feroce, scese con la mano sul suo petto e gli strappò la camicia con gli artigli; la pelle nuda di Lane occhieggiò tra un brandello e l'altro della stoffa costosa, la cravatta che pendeva sbilenca.

«Quindi, dov'ero rimasto?»

«Avresti almeno potuto darmi la possibilità di slacciare i bottoni,» brontolò Lane, e sospirando nel vedere in che stato erano ormai ridotti i suoi vestiti rinunciò a ogni tentativo di nascondere quanto fosse rovinata la camicia. Ciò che aveva detto, però, era vero solo a metà, perché per lui era molto più inebriante la consapevolezza di avere il potere di far perdere il controllo a Derick anche dopo tutto quel tempo.

Il suo lupo, nel frattempo, non stava facendo neanche il minimo sforzo per raccogliere i vestiti sparsi sul pavimento dell'ufficio. Lane osservò i suoi capelli screziati d'argento che lui stesso, cavalcandolo, aveva spettinato mandandoli a puntare in ogni direzione.

Derick si stravaccò nudo sulla grande poltrona imbottita di pelle, come se stesse a casa invece che in ufficio. Dio, se era eccitante quell'atteggiamento alla "a chi diavolo gliene frega niente", anche perché era davvero raro che suo marito si comportasse così sul posto di lavoro.

Gli vide scrollare le spalle possenti prima di percorrere con quegli occhi azzurri il suo petto in un modo che portò

Lane a stringere il culo già nuovamente umido di umori. «E che divertimento ci sarebbe stato? E poi sono sicuro che hai una marea di camicie campione in più, nel tuo ufficio in fondo al corridoio.»

Lane si infilò la giacca del completo, poi ne accostò i lembi nel tentativo di coprire il petto nudo e nascondere il fatto che un certo qualcuno avrebbe potuto convincerlo a restare, se ci avesse provato. «Può anche darsi che sia come dici tu, ma non è necessario che la tua segretaria sappia cosa stavamo facendo.»

Derick riempì la stanza con la sua risata ricca e profonda, e il suo petto continuò a fremere anche quando si alzò dalla poltrona. E mentre avanzava nella sua direzione, con le cosce tornite e scattanti e l'uccello che si contraeva, Lane si ritrovò a retrocedere verso la porta; continuò a farsi indietro finché non si ritrovo ingabbiato contro il pannello dal corpo possente di Derick. A quel punto, con il naso dell'altro che gli accarezzava un lato del collo e il suo corpo che tremava per la nuova ondata di desiderio che lo aveva colto, inclinò il capo in segno di sottomissione. «Mio dolce omega tanto profumato, se la mia segretaria non ti ha sentito urlare significa che non ho fatto bene il mio lavoro... e quindi forse dovremmo riprovare, che ne dici?»

Lane cercò dietro di sé la maniglia della porta prima di cedere alla tentazione del suo alfa. «Lavorare... dobbiamo lavorare...» concluse con un gemito mentre i denti affilati dell'altro gli mordevano la gola.

«Lo stiamo facendo...» mormorò Derick contro il suo collo prima di leccare il punto sulla sua pelle che ancora bruciava dopo la ferita inferta.

Nel tentativo di sfuggirgli Lane strinse con forza la maniglia, eppure non poté fare a meno di spingere i fianchi contro il corpo nudo e profumato che gli incombeva addosso. «Più tardi... Oh, dèi... dopo il lavoro...»

Il suono di un telefono che squillava da qualche parte alle sue spalle portò Derick a imprecare e Lane a cercare di decidere se provava sollievo o meno per quella distrazione, specialmente quando vide il marito tornare alla scrivania con il suo glorioso sedere che si fletteva mentre prendeva il telefono e tuonava: «Sarà meglio che sia importante.»

Poi però Derick si voltò a guardarlo, lo sguardo che lo scrutava da capo a piedi, e Lane non poté più dissimulare le proprie reazioni.

In ogni caso, pur non essendo in grado di ascoltare ciò che veniva detto al telefono, intuì che si trattava di qualcosa di importante, perlomeno dal cipiglio che piano piano prendeva forma sul viso del marito; alla fine capì che i piani di Derick per il pomeriggio non avrebbero contemplato né Lane sulla sua scrivania né qualsiasi cosa comprendesse il proprio cazzo nel suo culo.

Decise così di rendergli le cose più semplici e, dandogli un bacio, gli disse con un mugugno: «Finiremo più tardi.» Subito dopo sgattaiolò fuori dall'ufficio, per nulla offeso dai solchi sempre più profondi intorno alla bocca di Derick che rivelava in quel modo tutto il proprio disappunto.

Scivolò in corridoio assicurandosi di non spalancare troppo la porta per poi richiuderla in fretta. Traumatizzare Monica non era nell'ordine del giorno.

Senza prestare alcuna attenzione a ciò che la donna stava sciorinando al telefono, Lane le rivolse un breve sorriso e si affrettò lungo il tappeto che copriva il corridoio verso il proprio ufficio. Aveva appena raggiunto la scrivania vuota della sua segretaria quando Hollis fece capolino dalla sala caffè, poco più in là. Sembrava non avere nessuna opinione nel vedere il suo capo che indossava una giacca senza camicia, e anzi gli si fece incontro con una tazza in mano.

«Permetti una parola, Lane?»

## Capitolo Cinque

### Lane

Si guardò il petto nudo – aveva cinquantanove anni e, sebbene si prendesse sempre cura di sé, aveva la tendenza a rimpinzarsi di dolciumi. «Sì, ho solo bisogno di qualche minuto per—»

Hollis sollevò le sopracciglia. «Vestirti?»

Lane sentì un'ondata di calore invadergli il torace, cosa che portò ovviamente a colorirgli le guance di un bel rosa. «Esatto. Nel frattempo potresti prendermi un caffè e... oh, e una fetta di torta? Questa settimana è il turno di Bowie con la colazione, e aveva promesso di fare la torta di mele olandese.»

Dopo aver speso tante energie, pensare alla bravura di Bowie nella preparazione dei dolci era una bella distrazione. Fece per allungare la mano verso la maniglia del suo ufficio quando Hollis rispose: «A dire il vero ha preparato anche dei biscotti ripieni al cioccolato bianco in stile jammie dodger. Vuoi provare anche quelli?»

Lane si fermò sulla soglia per guardarlo, gli occhi spalancati. «Quando mai ho rifiutato torte o dolcetti?»

Inaspettatamente, Hollis ridacchiò, mostrando di sé un lato che ben pochi avevano visto. «Sì, per un attimo avevo dimenticato con chi stavo parlando. E sono abbastanza sicuro che sia per questo che hai creato la chat di gruppo "Sfoghi e torte" per noi assistenti, per essere costantemente aggiornato sui dolci in menù.»

Lane si permise di lasciar scivolare sulle proprie labbra un sorriso impertinente, voltandosi del tutto verso l'altro fino a guardarlo in faccia. «L'obiettivo principale era quello di offrire ai ragazzi uno spazio virtuale in cui potersi sfogare liberamente per tutte le questioni di lavoro possibili.» Il suo sorriso si allargò. «E se a questo si aggiunge una torta... be', chi sono io per rifiutare il ruolo di assaggiatore? Voglio dire, fa parte dei rischi del mestiere, per un capo... come avrete modo di scoprire tutti.»

Sul viso di Hollis sfrecciò un lampo di preoccupazione che Lane giudicò comico, tanto che dovette sforzarsi non poco per tenere a bada il divertimento e non sbottargli a ridere in faccia.

«Oh, sì, comunque... ecco, troppo zucchero fa male,» ribatté Hollis che poi, senza attendere la sua replica, tornò a passo spedito verso la sala caffè con la tazza ancora stretta tra le dita.

Quando tornò indietro e mise piede nel suo ufficio, cinque minuti dopo, Lane aveva avuto tutto il tempo di rivestirsi e sedersi alla propria scrivania, i file sul computer già aperti perché potessero discuterne. Se Hollis poté entrare liberamente nella stanza fu perché lui gli aveva lasciato la porta aperta. A dire il vero, per quelli che lavoravano a stretto contatto con lui, Lane portava avanti la politica delle "porte aperte". Quella gente del resto conosceva bene i confini entro cui muoversi, e una porta chiusa significava sempre che non doveva essere interrotto.

Non sollevò lo sguardo da quello che stava facendo quando sentì l'assistente che appoggiava un vassoio sul tavolino basso nell'angolo dell'ufficio. Era lì infatti che Lane aveva allestito un'area relax con tanto di poltrone morbide per indulgere nelle riunioni informali. In effetti, quel posto era molto diverso dalla stanza in cui lavorava Derick.

L'ufficio del marito, infatti, era tutto mobili eleganti, pelle e linee rigide che davano l'impressione di trovarsi, perlomeno a Lane, nella sala d'attesa di un medico. I suoi gusti erano diversi, a lui piacevano la sinuosità e la morbidezza nell'arredamento di un ambiente. Pezzi di mobilia capaci di rendere un luogo il posto ideale in cui immergersi e sentirsi a proprio agio. Poiché lavorava a

stretto contatto con il gruppo degli assistenti personali che supportavano le diverse aree dell'azienda, e
dal momento che capitava spesso che avesse alcuni
di loro nel proprio ufficio, per Lane era importante
che ciascuno si sentisse tanto confortato da potersi
concentrare senza problemi. Stare seduti su una sedia
che dopo dieci minuti rendeva impossibile una buona
circolazione nella parte posteriore delle gambe non era
ciò che secondo il suo parere poteva definirsi un ottimo
modo per mantenere la mente attiva e lucida.

Il suo obiettivo era quello di creare un'atmosfera
rilassata, una cosa che per lui aveva funzionato bene
nel corso degli anni. Aveva il rispetto del team con cui
lavorava a stretto contatto, il quale lo ripagava con una
grande produttività, come dimostravano le capacità
di ognuno di portare a termine ciascuna incombenza
sempre in tempo nonostante le scadenze rigorose. Era
la stessa squadra di uomini che di lì in avanti avrebbe
collaborato con i suoi figli, molto più strettamente di
quanto era accaduto fino ad allora. Sarebbe stato inter-
essante vedere e ascoltare la reazione di ognuno, perlomeno a giudicare da alcuni commenti dettati dall'im-
pulso del momento lasciati nella chat di gruppo.

Al tintinnio delle posate sul piatto, in ogni caso, Lane
si decise a concentrare la propria attenzione su Hollis.
«Allora, hai condiviso la notizia nel gruppo Sfoghi e
torte?»

Il ragazzo sollevò lo sguardo fino a incontrare il suo, ma esitò per un momento prima di rispondere. «Dovevo farlo immediatamente?»

Lane si sentì solleticare la gola da una risata, e si alzò per prendere il piatto che gli stava passando Hollis, da cui proveniva l'odore delizioso di torta. «Temi che potremmo cambiare idea?» domandò, rendendosi conto di quanto la sua domanda sembrasse fuori contesto.

Il silenzio che ne seguì, tuttavia, si protrasse così a lungo che Lane si chiese se per caso il suo assistente avesse intenzione di non rispondere. Poi però Hollis parlò, anche se lo fece senza guardarlo direttamente negli occhi. «Quando ci siamo incontrati la settimana scorsa, prima che ti prendessi quel lungo weekend di vacanza, non hai minimamente accennato a questa faccenda.»

Il barlume di incertezza che percepì nel suo tono portò Lane a chiedersi se per caso il ragazzo non avesse pensato a qualche motivo specifico per giustificare quella reticenza a condividere con lui le novità in cantiere. Perciò alla fine optò per rispondergli con sincerità. «Ultimamente i miei calori sono diventati imprevedibili. Succede quando si invecchia, ma questa volta è stato più difficile e non ho avuto il tempo di contattare Derick.»

«Oddio, no!» esclamò Hollis, dando l'impressione di essere davvero turbato.

Del resto, affrontare un calore da soli per scelta era una cosa, ma era molto più dura se un omega aveva un compagno e quello risultava assente nel momento del bisogno, e Lane lo aveva sperimentato a sue spese negli ultimi tempi.

In ogni caso rassicurò l'assistente dandogli qualche pacca gentile sul ginocchio. «È andato tutto bene, non sono rimasto solo a lungo.»

Detto ciò, si concentrò sul piatto tra le sue mani e, sorridendo, inalò il profumo del cioccolato bianco e della marmellata di lamponi.

«Comunque, questa faccenda mi ha aiutato a rendermi conto che era giunto il momento di operare qualche cambiamento. E andare in pensione era la scelta più semplice... *o la migliore per tutti*.»

Il fatto che avesse sottolineato con un po' troppo entusiasmo quelle ultime parole portò Hollis a rifilargli un'occhiata penetrante che a lui non sfuggì.

«Per i vostri figli, intendi?» gli domandò infatti, e nonostante l'intento fosse evidentemente quello di fare chiarezza, non sembrava affatto convinto della propria domanda.

Scavando con la forchetta nella marmellata e nel cioccolato, Lane approfittò della torta per tenere lo sguardo basso e non permettere a Hollis di percepire qualcosa leggendo nei suoi occhi fin troppo espressivi. «Sì, staranno bene una volta accettato l'inevitabile conclusione che ormai è fatta.»

*Loro così come voi assistenti.*

Portò la prima forchettata di dolce alle labbra e gemette, chiudendo gli occhi per meglio assaporare quella delizia che gli si scioglieva in bocca. «Bowie ha superato sé stesso,» quasi mormorò dopo aver mandato giù il boccone, la forchetta già nuovamente immersa nel dolce.

«Suppongo che sia... okay.»

Stava sminuendo in maniera così palese quel paradiso di torta che Lane roteò gli occhi al cielo: Dio, come si divertiva a corrompere gli uomini mostrando loro i piaceri degli eccessi. Una cosa a cui, secondo la sua opinione, Hollis non si abbandonava con sufficiente frequenza.

«Cedi al piacere. Sai che lo vuoi.»

Hollis si irrigidì per poi lanciare un'occhiata al proprio piatto con evidente scetticismo. Emise una sorta di sospiro che era più uno sbuffo, dopodiché prese la forchetta e punzecchiò la torta come se lo avesse offeso.

«Contento?» chiese in un soffio prima di portarsi il dolce alle labbra. Gli ci volle solo un secondo, poi gemette.

A quel punto Lane gli puntò contro la forchetta colma di crema, osservandolo mentre masticava quella delizia di cui avrebbe dovuto trovare la ricetta, e borbottò: «Vedi?»

«Si suppone tu debba dare il buon esempio, in quanto capo,» ribatté l'altro, ma nei suoi occhi balenò una scintilla di divertimento prima che potesse tuffarsi nuovamente su un altro pezzo di torta.

«Ma ora il capo sei tu,» puntualizzò Lane, e fece spallucce quando Hollis tossì violentemente. «Perciò, chi sta corrompendo chi, adesso? Oltretutto, se ricordo bene, sei stato tu a sollevare per primo l'argomento,» continuò sollevando il piatto quasi vuoto; lanciò un'occhiata al vassoio, ma si sentì sollevato nel vedere che la torta non era finita. Posò il piatto, prese la tazza di caffè preferita di Hollis e gliela passò. «E ora bevi qualcosa, così poi potremo iniziare a creare un nuovo futuro per la Starling Enterprises.»

*E per te!*

# Capitolo Sei

## Derick

Il sesso lo aveva rilassato e, con la promessa che ne avrebbe avuto ancora più tardi, Derick si vestì. Dirigendosi verso la sala riunioni per assecondare la volontà di Silas, ripensò alla conversazione avuta con lui al telefono, quella che aveva interrotto il suo amplesso con Lane. Silas non ci aveva messo che quattro ore a contattarlo, ma del resto erano due cose che aveva messo in conto: sia la chiamata che l'interlocutore.

Conosceva ognuno dei suoi figli fino al midollo, perciò non fu affatto sorpreso di trovarseli tutti davanti, seduti intorno al tavolo e in attesa che arrivasse, una volta entrato nella sala riunioni. Silas era sempre stato il portavoce dell'intero gruppo. Era il più eloquente tra tutti i fratelli. Il che dimostrava solo che quando i ragazzi volevano qualcosa di importante, erano perfettamente in grado di lavorare insieme. Il problema era che raramente avevano un obiettivo comune, e la decisione appena divulgata aveva cambiato per loro le carte in tavola.

Attesero tutti che Derick si fosse seduto, poi Silas prese la parola e si lanciò in quello che aveva tutta l'aria di essere un discorso preparato. Doveva essere stato Booker a scriverlo.

«Papà, per noi è stato un onore ricevere l'offerta pensata da te e Popi. Lo pensiamo tutti. E vi siamo grati per la fiducia che ci avete concordato affinché portiamo avanti l'azienda. Non vogliamo rovinarne il successo. Ma tu ne sei sempre stato il volto... Un mutaforma... non un divergente.»

Derick aspirò una bella boccata d'aria per calmare il battito del cuore che si era d'improvviso impennato e reprimere così la rabbia per ciò che Silas intendeva dire. C'era del vero in quel discorso. Perché la loro era in effetti una società di grandi dimensioni guidata prevalentemente da mutaforma. Il fatto però era che a Derick non fregava proprio niente di ciò che la gente riteneva appropriato... a differenza, a quanto pareva, dei suoi figli.

«Sono orgoglioso di ognuno di voi. E siete voi il volto di questa azienda, siete stati là fuori a condurre affari per anni, a sbaragliare la concorrenza in un mercato competitivo come lo è quello in cui orbitiamo. E tanto per essere chiari, se alla gente non piace questo assunto può anche andare a farsi fottere. Non abbiamo bisogno che questo tipo di persone vengano associate alla nostra attività. Perciò, tutto qui?»

Il silenzio che seguì le sue parole fu quasi assordante, ma i sorrisi che spuntarono nella stanza allentarono la tensione che lo aveva oppresso negli ultimi minuti. A essere sincero, non aveva pensato nemmeno per un momento che il retaggio dei suoi figli potesse costituire motivo di preoccupazione. Per quanto lo riguardava, non sarebbe mai stato un problema, e poi aveva fiducia in tutti loro.

«Okay... allora possiamo discutere delle sistemazioni abitative? Perché anche se capiamo per quale motivo pensate che gestire l'attività da Hazardville sia più proficuo, questa città non è più la nostra casa da tanto tempo. Abbiamo delle abitazioni tutte nostre, ci siamo stabiliti in altre zone—»

Derick alzò la mano, la testa inclinata, e arcuò un sopracciglio screziato d'argento. «In che modo vi sareste sistemati?» lo interruppe per poi soppesare ognuno dei propri figli con un'occhiata penetrante. «Nessuno di voi ha un partner di cui tenere conto, giusto?»

Jupiter arrossì violentemente borbottando: «Partner... cazzo, no.»

Sembrava inorridito, proprio come davano l'impressione di esserlo alcuni dei suoi fratelli, e subito dopo, uno dopo l'altro, presero a scuotere la testa in segno di diniego in risposta alla sua domanda. Alcuni sembravano più a disagio di altri, però, in particolare Taylin.

«Perciò vi state riferendo alle proprietà su cui avete investito, dico bene? Ci sono stato, nelle vostre case. E in nessuna c'è qualcosa in più di un letto e forse un tavolo con delle sedie. È questa la vostra interpretazione di sistemazione?»

Silas colse al volo il punto e si sporse in avanti, le mani giunte davanti a sé sul tavolo. «Quindi si tratta del fatto che non abbiamo un fidanzato?»

Tutti i suoi figli erano gay, anche Kari che, nonostante per un brevissimo periodo avesse considerato la possibilità di essere bisessuale, alla fine aveva capito di preferire gli uomini. Nulla di tutto ciò era un problema, né lo era il fatto che fossero single, ma Derick capiva il bisogno di Lane di vedere i loro figli sposati e felici come lo era lui con suo marito.

«No. Sto solo tentando di capire come possa essere un problema per voi tornare a vivere qui tanto da cercare di opporvi ai nostri desideri. Voglio dire, non stiamo parlando di un paesino piccolo e arretrato in cui non succede mai niente.» Poi la sua espressione si addolcì. «Il fatto è che il vostro Popi ha bisogno di me qui, accanto a lui. Il suo corpo sta mutando, sta invecchiando, e questi cambiamenti sono difficili da affrontare per lui, specialmente quando non posso essere presente. Sono complicati anche per me,» confessò, con il senso di colpa che ancora persisteva dopo aver trovato Lane nelle condizioni in cui si era ridotto durante la sua assenza.

«Papà, perché non ci hai detto niente?» domandò Booker, la voce più spessa del normale.

«Ve lo sto dicendo adesso. Ho bisogno che uniate le forze, per me e per Popi. Anche perché avervi vicini aiuterebbe tantissimo. Gli mancate terribilmente.»

Kodi emise un sospiro che parve sgorgare dal cuore. «Certo che hai tirato fuori l'artiglieria pesante.»

A quelle parole Derick represse l'istinto di sorridere, perciò non fece vedere la propria soddisfazione: non aveva bisogno di ribadire che aveva vinto quel round. «È la verità. Ho bisogno che vi troviate tutti nello stesso posto per far funzionare le cose, per far sì che l'azienda continui a espandersi e a crescere. Se siamo riusciti nell'intento finora è stato proprio grazie al vostro impegno. All'obiettivo comune di promuovere l'inclusione. Le nostre politiche aziendali hanno cambiato la politica del governo, ma per proseguire su questa strada è necessario essere coesi nell'adottare delle strategie vincenti. Misure che non devono necessariamente includere me. E vi faccio notare ancora una volta che vi siete sbagliati prima: siete voi il volto di questa azienda. Quindi, potete farlo per me? Per il vostro Popi?»

Il suo petto si gonfiò d'amore per il modo in cui tutti i suoi figli si guardarono silenziosamente l'un l'altro prima di voltarsi verso Silas. Fu lui a parlare a nome di tutti.

«Sì, possiamo.» Solo che poi gli mostrò il suo tipico ghigno, quello che lasciava intravedere l'unica fossetta che aveva sulla guancia sinistra, e a quel punto Derick si irrigidì, preparandosi mentalmente a qualsiasi frecciata stava per essere lanciata a uno dei suoi ignari figli. «Anche se non mi riterrò affatto responsabile quando inizieranno a fioccare le lamentele del personale inconsapevole del fatto che Jupiter non sa tenersi il pitone nei pantaloni.»

«Ma vaffanculo! Sei solo geloso perché...» Jupiter si zittì e lanciò un'occhiata a Laken. «Dimmi un po', com'è che si chiamava quel piccolo beta che mi seguiva per tutta la città quando avevo diciassette anni?»

«Parli del ragazzino brufoloso o di quello che aveva la frangia talmente lunga sugli occhi che non faceva altro che inciampare a destra e a manca?»

«Quello con la frangia!»

«Ray... no, aspetta, no, era Reggie.»

«Smettila di incoraggiarlo,» sbottò Silas, il quale nel frattempo aveva assunto un'espressione corrucciata, il viso improvvisamente rosso.

«Eri innamorato cotto di quel Reggie, la tua cotta è durata mesi, eppure lui vedeva solo la splendida persona che ero io.»

Si udì un gemito provenire dal punto in cui era seduto Kari. «Ti stancherai mai di amare così tanto te stesso?»

Jupiter, il cui sorriso riusciva ad attirare gli sguardi ammirati tanto degli uomini quanto delle donne, si voltò verso il fratello con le labbra arricciate in un ghigno capace di accecare un po' tutti i presenti. «Senti un po' chi parla! E comunque no,» continuò, accarezzandosi il corpo con un palmo. Il vestito che indossava quel giorno era così aderente che lo abbracciava mettendo in risalto il suo corpo slanciato. «A qualcuno dovrà pur piacere tutta questa meraviglia.»

E fu lì, sotto tutto quell'umorismo, che Derick percepì la profonda insicurezza che solo chi gli era abbastanza vicino poteva cogliere. Dentro di sé Jupiter era ancora il ragazzo che era stato messo da parte dai genitori perché era o non era quello che era.

Silas si alzò, girò intorno al tavolo, costrinse Jupiter ad alzarsi dalla sedia e lo abbracciò. «La amiamo tutti questa meraviglia, compreso il tuo brutto muso, coglione.»

«Parla per te,» commentò Booker senza il minimo accenno di sarcasmo, eppure subito dopo fece l'occhiolino a Silas, oltre la testa di Jupiter.

Quelle battute erano il frutto di tanti anni passati insieme, e rivelavano ormai il profondo legame tra quei ragazzoni, nonostante il modo in cui ognuno di loro era arrivato in famiglia. Ed era proprio quel legame che Derick sperava potesse tenerli uniti così da costruire un futuro per loro e per chiunque fosse stato abbastanza fortunato da guadagnare il loro amore.

Mantenne l'espressione incolore, gli occhi puntati sui suoi figli, senza rivelare loro nessuno dei propri pensieri. Del resto nessuno di quegli uomini aveva bisogno di conoscere le sue aspirazioni da nonno o di sapere che non vedeva l'ora di avere dei nipotini da far rimbalzare sulle proprie ginocchia. «Suppongo quindi che tutto questo significhi che avete rinunciato a ogni tentativo di farmi cambiare idea, giusto?»

Quale figlio sarà il primo a cadere?
Taylin!
La Tentazione di Taylin vi aspetta.

## Sull autrice

Eccentrica amante dei dolci con una passione per le parole di ogni tipo. Sono Jayne o JP, vivo nell'Isola di Man. Un piccolo posto nel mare d'Irlanda dove la magia esiste. Sono una lettrice appassionata e se non sto scrivendo amo accoccolarmi con un libro o due... se capite cosa intendo.

Se siete interessati a tenervi aggiornati, ho alcuni posti dove potete farlo, elencati di seguito. Il mio sito web è il luogo in cui troverete tutti le diversi Me, lol. Mentre percorro questo cammino verso il futuro, scriverò generi diversi, quindi per non creare confusione userò nomi diversi.

Se volete darmi un feedback o se avete delle domande, chiedetemi pure l'amicizia su Facebook e sarò felice di rispondervi. Spero che questo libro vi sia piaciuto e se volete lasciare una recensione, mi piacerebbe leggere i vostri pensieri. Anche se volete semplicemente dare una valutazione, ve ne sarò grata :)

In questo volume non c'è un elenco di tutti i miei libri, in quanto questo è il primo a essere stato tradotto in italiano. Potete cercarmi come J.P. Sayle su Amazon per trovare tutto il resto della mia produzione in lingua originale.

**Grazie per aver fatto parte del mio sogno.**

Tumblr
Bookbub
Instagram
Facebook
Indirizzo del sito web
Pagina autore su Facebook
JP Manx Minx's
Patreon